S ENQUÊTES FABULEUSES DU FAMEUX FÉLIX FILE-FILOU

# Le mystère du slip panthère

GÉRARD MONCOMBLE

ILLUStrations dè CHRISTOPHE MERLIN

*Au 3 mai 1973, 18 h 15*

# Chapitre 1

**C**omme chaque dimanche,
Félix File-Filou fait la grasse matinée.
Mais aujourd'hui, impossible
de dormir.
On crie
à tue-tête
dans l'escalier
de l'immeuble.

au Voleur!

3

C'est monsieur Zozio,
le voisin de Félix.
– **Mes canaris !**
braille-t-il.
Quelqu'un
a ouvert
leur cage,
et pffffuiittt !
plus personne !
Envolés !
Disparus !

— Moins fort,
soupire Félix.

Au deuxième étage,
madame Pépin
pousse des cris de paon.
Albertus, son cactus,
a disparu. Et Raymond,
son rhododendron,
et Jean-Loup,
son caoutchouc !

– Du calme !
grogne Félix.

5

– On a kidnappé Globule, mon poisson rouge ! s'égosille à son tour monsieur Carpillon.

— Chut !

Chuuutt !

**Chuuuutttt !**

supplie Félix.

Tous se mettent à hurler :

# – Vous êtes un super-détective !

Un Crack!

Un as !

Retrouvez nos petits chéris !

– Pas question
de travailler
le dimanche !
dit Félix en bâillant.
Je retourne au lit !

7

Mais dans sa chambre, quelle horreur ! Il n'y a plus de rideau ! Un rideau léopard tout neuf ! Impossible de fermer l'œil, maintenant !

– Tonnerre de pompe à loupe ! rugit Félix. Le coupable paiera cher cet horrible crime !

Et il saute dans ses vêtements de super-détective.

9

## Chapitre 2

**M**onsieur Boudzan,
le concierge, qui voit tout,
entend tout, sait peut-être
quelque chose.

– Mon mari est sorti !
déclare madame Boudzan.

– Je reviendrai !
dit Félix.

Félix frappe en face, chez
monsieur Passe-Passe, le magicien.
Et s'il avait fait disparaître poisson
rouge, canaris, plantes et rideau
dans son chapeau ?

Mais le pauvre
est bien trop occupé
avec ses pigeons
et ses lapins !

Et Miss Pompon, au troisième étage ?
Elle a sept chats.
Poisson rouge
et canaris, voilà
un sacré ragoût
pour des matous !

– Êtes-vous fou,
File-Filou !
rouspète-t-elle.
Mes chats
ne mangent
que du mou !

13

C'est peut-être monsieur Pistil,
son voisin, qui adooooore les plantes.
– Carnivores, uniquement
carnivores ! s'exclame-t-il.
Couché, vous autres !

Serait-ce mademoiselle Taffetas,
la couturière ?
– Du tissu léopard ?
Pouah ! Je ne supporte
que les rayures !

« Crotte de bouc,
se dit Félix File-Filou.
Qui donc a fait le coup ? »

# Chapitre 3

**F**élix retourne chez
monsieur Boudzan, le concierge,
qui n'est toujours pas là.
– De toute façon, grogne
madame Boudzan, il n'a rien vu,
rien entendu…
Soudain un cri transperce
les oreilles de Félix.

Ho Hooo oo Ho Ho

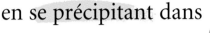

– Il y a quelqu'un dans la salle de bains ! tonne Félix, en se précipitant dans l'appartement.

– Ouvrez ou j'enfonce la porte ! rugit-il.

18

Monsieur Boudzan passe
le bout de son nez.
– On n'a plus le droit de prendre
son bain, ici ?
grogne-t-il.
Félix File-Filou
tend l'oreille.

Cui Cui Cui Cui

– C'est quoi,
tous ces « cui-cui » ?
Vous êtes cuit, Boudzan !
Cuit ! Ratacuit !

Monsieur Boudzan baisse la tête.
– Je voulais jouer à Tarzan, dit-il.
Juste une fois.
– Il en rêve depuis qu'il est tout petit,
pleurniche madame Boudzan.

– Et comme vous possédez la clé
de chaque appartement, dit Félix,
c'était facile de voler les…
– Emprunter, monsieur File-Filou !
coupe monsieur Boudzan. Juste
emprunter !

Félix s'éponge le front.
– Quelle chaleur
dans cette jungle,
soupire-t-il.
– Mettez-vous à l'aise !
dit madame Boudzan.

« Il reste du tissu
pour vous faire
un slip panthère !

– Pourquoi pas ? pouffe Félix.
Il achètera un autre rideau,
et voilà tout !

HO

Fin

Dépôt légal : 1er trimestre 2001
ISBN : 2-7459-0248-2
Imprimé en Belgique